20379

DISCOURS

Sur la 3ᵉ pièce

CAMPAGNE

DE PHILISBOURG,

Commandée par

MONSEIGNEUR

LE DAUPHIN,

En Octobre & Novembre 1688.

A MONTBELIARD,

Chés Jean Martin Biber, Impr.

M DC LXXXVIII.

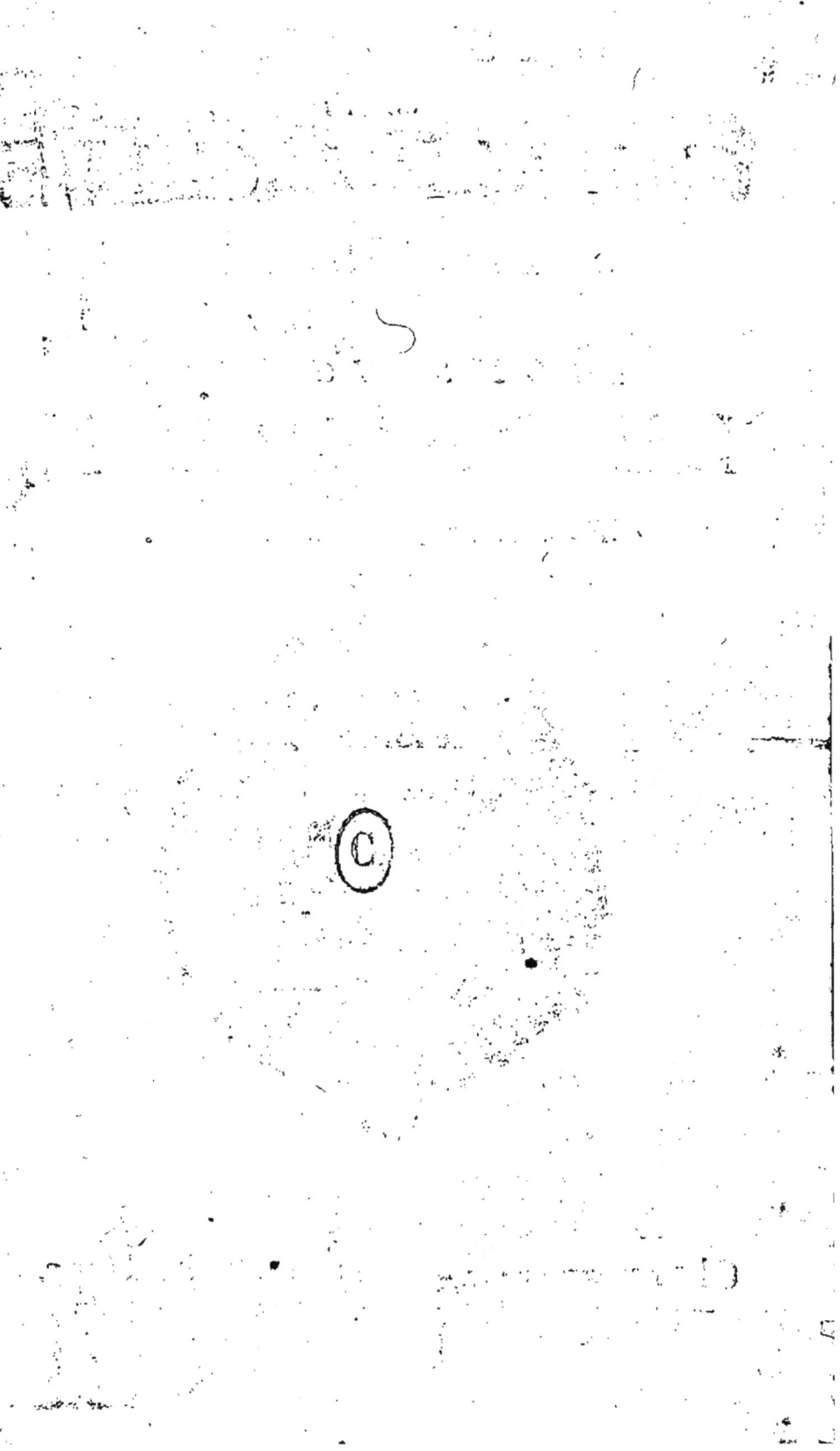

DISCOURS
Sur la
CAMPAGNE
DE PHILISBOURG,
Commandée par
MONSEIGNEUR
LE DAUPHIN.
En Octobre & Novembre 1688.

Oeurs du Dieu des Combats, dont le foin refpecté

Confacre les Héros à l'Immortalité ;

Lovis, le Grand Lovis, ce Foudre de la Guerre,

Cét Arbître des Rois, ce Maître de la Terre,

Qu'õ voit fur vos Autels tout couvert de Lauriers,

Bientôt ne fera plus le plus Grand des Guerriers.

Un jeune Favory de Mars & de la Gloire,

Qui court dans les Hazars conduit par la Victoire,

De ce Roy fans égal fuit de fi prés les pas,

Qu'il fait prefque douter s'il ne l'égale pas.

Quels font vos fentimens, en voiant, qu'à fon âge,

La Prudence chez luy le difpute au courage,

A 2 "Et

Et qu'un culte sincere, au pied de nos Autels,
Le fait servir d'exemple aux plus sages Mortels ?
Que dites-vous enfin, & qui pourroit se taire,
A ce coup surprenant, que son Bras vient de faire ?
Depuis qu'en une Barque, à la mercy des Vents,
Le Monde, en deux Mortels, se sauva dans vos
  Champs ;
A quelque haut degré que la Vertu se porte,
A-t'on veu des Guerriers commencer de la sorte ?

Peuples, dont le repos & la felicité,
A ce beau coup d'essay doivent leur sûreté,
Hors de crainte, écoutez, avec reconnoissance,
Le récit des Explois faits pour vôtre déffence.

Ainsi que, desarmé, le plus puissant des Dieux
Donne, aprés la Tempéte, un doux Calme à
  ces lieux ;
Le plus puissant des Rois, suspendant son Toñerre,
Se plaisoit à donner le repos à la Terre ;
Et son Cœur genereux, negligeant de dompter
Un reste d'Ennemis, qu'il pouvoit surmonter,
Les laissoit respirer au gré de sa Clémence ;
Quand son trop de bonté causant leur Insolence,
Ils osent menacer le Bras victorieux,
Qui prés de les dêtruire avoit eu pitié d'eux :

                                    Tel

Tel qu'un Monstre, qu'un coup a laissé sans courage
S'il n'est pas achevé, sent revenir sa rage.

Quelque Alectô, versant son poison dâs leur sein,
Par ses noires vapeurs y forma ce dessein.

D'un Complot criminel, leur couroux se
prepare
A passer, dans six mois, l'Onde qui nous separe;
Et laissant les horreurs de leurs tristes Frimas,
Se promet d'inonder nos aymables Climas.
Ciel, ne permettez poît, que sortant de leurs nêges,
Ils profanent ces lieux de leurs mains sacriléges,
Et que jamais leurs pieds se portent impunis,
Sur le sacré Terroir, où fleurissent les L y s.
Quelle aveugle fureur, dans leur ame inspirée,
Les oblige à cercher une perte assûrée?
Tu formes un projet de toy-même ennemy,
Hydre, n'éveille pas un Hercule endormy.

Déja de leur desir les Trames temeraires,
Avoient jetté l'effroy dans les Ames vulgaires;
Et leurs Fauteurs secrets, dans des discours jaloux,
Par avance, en tous lieux, nous livroient à leurs
coups :
Lorsque le Grand Lovis, de qui la Prévoyance
Regle tout & fait tout, avec tant de prudence,
Se voit enfin contraint de perdre ces Ingrats,
Ou de laisser troubler la Paix de ses Estats.

A 3   Il

Il gemit: mais forcé de les réduire en poudre,
Il en charge fon Fils, & luy donne fon Foudre.

Ce Genereux Aiglon, fans paroître étonné,
Imite en le prenant, celuy qui l'a donné;
Et le fçachant d'abord manier de la forte,
Fait bien voir, qu'il eft Fils de celuy qui le porte.
Tous les Cœurs font faifis de mouvemens fecrets,
L'Univers en fufpens en attend les effets.
Il part, & fecondé d'une Illuftre Nobleffe,
Il vole où le Devoir & la Gloire l'adreffe.

Qu'il faifoit beau le voir, dans fa noble fureur,
Imprimant à la fois l'Amour & la Terreur,
Et fans interroger le Deftin des alarmes,
Decidant par fon Air, du fuccez de fes armes!
Tel avec fes Héros, l'Illuftre Fils d'E'fon
Partit, fûr d'enlever l'Eclat de la Toifon.
Tel fut Agamemnon, lors qu'il alla détruire
De l'injufte Priam le téméraire Empire.
Ou, pour en mieux parler, Achille, Agamemnon,
Et ceux dont la Colchide a celebré le nom;
Quoique tous à plaifir fais au gré de la Fable,
N'auroient pas égalé ce Prince incomparable.

Sous un Maître, pareil le Cheval glorieux
A l'Ecume à la bouche & le feu dans les yeux.

A la

A la main qui le guide il eſt pourtant docile:
Caſtor à le dompter paroîtroit moins habile.
Pégaze au Cavalier voyant un Air ſi bon,
Rougit, au Ciel, d'avoir porté Bellerophon.
Xante, laiſſant Achille, à luy ſe viendroit rendre.
L'orgueïlleux Bucephal quitteroit Alexandre.
Et dans le champ de Mars, Cyllare, ſous ſa main,
Au mépris de Caſtor, voudroit mordre le frein,
   Dans le triſte Clima d'une froide Contrée,
Dont l'Hyver ſeul pourroit interdire l'entrée,
Où, ſous le noir couvert des nuages épaix,
Qui ſouvent du Soleil en détournent les trais,
Le Rhin, déja laſſé de ſa courſe rapide,
Se repoſe & s'endort, dans une plaine humide,
Sur un Tertre, s'éleve un Poſte de renom,
Que Philippe autrefois honora de ſon nom,
Et que Lovis le Grand, par un art admirable,
A tout autre qu'à ſoy voulut rendre imprenable.
La Nature y mêla des ſoins preſque inoüis.
Tout, juſqu'à la Nature, obeït à Lovis.
Un Fleuve & des Marais à l'entour ſe répandent,
Des Rempats orgueïlleux vers la plaine s'étédent,
Qui s'élevant au Ciel, comme un vaſte rocher,
En font un lieu, dont Mars ne pourroit approcher.

A 4   Là

Là s'en va le Guerrier, que Pallas accompagne,
Et fi tôt qu'on le voit paroître en la Campagne,
De cent Bouches d'airain, ces Boulevars affreux
Verfent, parmy les Eaux, mille torrens de feux.
Les Taureaux fur Jafon pouffoient de moin-
dres flammes,
Quand Medée eut recours à fes Charmes infames,
Les feux, que les Dragons vaincus par des Héros
Ont verfés quelquesfois fur la face des Eaux.
N'avoient rien de pareil à la fureur foudaine,
Dont Philisbourg troublé battit l'Onde & la
Plaine,
Le Véfuve agité d'un vafte tremblement,
Dégorge dans la Mer un moindre embrafement.
Et le Géant, qu'Etna fous fes Roches outrage,
Vomit contre le Ciel moins d'horreur & de rage.
Que dirons-nous encor? C'eft peu que ces
Braziers:
Les Dieux dans ce Païs Protecteurs des Foyers,
Mais, contre un tel Vainqueur, Protecteurs inutiles
Font tomber tant de flots fur les plaines fertiles,
Que dans l'Eau le Soldat prefqu'à demy noyé,
Enfonce dans la fange & s'enterre à moitié.
L'œil confus ne fçauroit difcerner à fon aife,
Si la Terre eft un Lac, ou bien une Fournaife.

Ou

Où pourroit-on trouver des termes aſſez forts,
Pour faire conçevoir les genereux efforts,
La prudente conduite & l'intrepide audace,
Qui triomphe, en ce temps, d'une pareille Place?
Muſe, vous-même icy rempliſſez ce devoir:
Un ſi hardy deſſein ſurpaſſe mon pouvoir:
Et le reſpect me dit, qu'une Bouche mortelle
Ne ſçauroit tant oſer, ſans être criminelle.
Si quelqu'autre que vous tente un ſi grand ſujet,
Fourniſſez un Eſprit digne d'un tel projet:
Qu'il ſe ſente animé d'une flamme Divine:
Et qu'il ſoit tel, au moins, qu'Apollon, ou Racine.

O! qui pourra porter au bout de l'Univers,
Par un juſte récit, ces miracles divers?
Qui, juſqu'au Firmament, pourra les faire entendre
Ces explois, que les Dieux ſeront jaloux
d'apprendre?
Déeſſe, dont la voix va de la Terre aux Cieux,
Qui nuit & jour ouvrez cent Bouches & cent yeux,
Et qui ſeule pouvez faire en tous lieux connoître
La valeur, que LOVIS jour & nuit fit paroître;
Quoique vôtre deffaut ſoit toûjours d'augmenter
Les grandes Actions, qu'on entend raconter;
Craignez à ſon égard de n'en pas aſſez dire:
Vos cent Bouches pourront avec peine y ſuffire.

Authentique témoin de ſes brillans ſuccez,
Toy, qui n'as reſſenti ſon Bras que de trop prés,
Germain, Peuple Guerrier, autrefois indomptable,
Aux forces d'Orient encor ſi redoutable,
C'eſt en vain que pour toy, contre un pareil Héros,
La Terre arme des feux & l'Air verſe des Eaux;
Elémens conjurez, nul de vous ne l'arrête:
Par les flots & les feux il vole à la Conquête:
Il frape, il briſe, il brûle; & plus pront qu'un éclair,
Il triomphe des Eaux, de la Terre & de l'Air.
L'Oreille, que le bruit de ſes Foudres étonne,
Ne ſçait ſi c'eſt Lovis, ou Jupiter, qui tonne.
Ce Dieu fit moins pleuvoir de Globes enflamez.
Sur les Fils de la Terre en leur Mere abîmez.

Jupiter jeune encor, juſtement en colere,
Contre les Ennemis du Roy des Dieux ſon Pere,
Sous mille affreux Carreaux abîmant les Titans,
Fut, pour ſon coup d'eſſay, le vainqueur des Géans:
Et le jeune Lovis à Jupiter ſemblable,
Par un zéle pareil comme luy redoutable,
Içy domptant un Peuple, à qui tout cede ailleurs,
Eſt pour ſon coup d'eſſay, le Vainqueur des
            Vainqueurs
Son Invincible Pere en fit-il d'avantage,
Lors qu'à ſes pieds le Rhin, le Danube & le Tage

Vinrent tous trois ensemble, abbatus & deffais,
Au nom de l'Univers luy demander la Paix?

　　Au retour des Zephirs, quand la poussiere vole,
Et qu'on peut, dás le Pré, dormir sur l'herbe molle;
Qu'alors à découvert l'on campe au cháp de Mars,
Qu'on livre des Combats, qu'on force des rempars:
Je le comprens assez, c'est un commun usage:
Máis pendant que l'Hyver vient exercer sa rage,
Dans l'Onde & le Limon avancer des Travaux,
Marcher, camper, combattre, & vaincre dans
　　　　les flots,
Tandis que l'Ennemy, paré seul de l'injure,
Ne sent point les rigueurs d'une Saison si dure,
C'est ce que ma raison ne peut trop admirer.

　　A l'abord des Frimás tout sçait se retirer:
Les Oiseaux dás les Bois ne se font plus entendre;
Les Fleurs cachent l'éclat de leur feuïllage tendre:
Tout cede; & la Nature, en sa morne langueur,
Se dérobe elle-même à sa propre rigueur.
Alors Nôtre Héros commence ses Campagnes.

　　Quand Iris fait tomber ses flots sur les
　　　　Montagnes,
A l'injure du tems les Ours accoûtumez
Se tiennent à l'Abry, dans un antre enfermez;

　　　　　　　　　　　　　　Le

Le Loup sous le Rocher passe la nuict entiere ;
Et le Renard tapi demeure en sa tanniere.
Lovis marche pour lors, rien ne peut dêtourner
Un courage, que rien ne sçauroit étonner.

  France, quand verrons-nous ta grandeur
      abbatuë ?
Par tes fiers Ennemis quand seras-tu vaincuë ?
Quand l'Ocean, rebelle aux Arrêts du Destin,
Voudra recevoir l'Ourse en son humide sein
Ou que, doublant le jour, pour un repas encore,
Le Soleil à midy fera naître l'Aurore.
A present, qu'en bon ordre on voit rouler les Cieux,
Et que Lovis le Grand comande en ces bas lieux ;
Quelle valeur pourroit, ou forcer, ou dêtruire
Ceux, que Lovis Auguste aura soin de conduire ?
Leur chef parmy les Rangs est le premier Soldat.
Son Cœur sçait animer ses Guerriers au Combat.
Son extrême Bonté les protége & les ayme.
Il les êpargne tous sans s'êpargner luy-même.
Mille fois en peril, au feu de tant de Forts,
A peine a-t'il conté trois centaines de morts.
C'est à luy d'enseigner l'art de vaincre sans peines :
On doñeroit, pour moins, des leçons aux Turenes.
Heureux celuy qui peut, en courant au danger,
Luy prodiguer un sang, dont il est ménager.

Vertus, augmentez-vous, sous ce genereux Maître;
Selon vôtre mérite il sçait vous reconnoître :
Mais l'or dont il vous paye est un moindre Trésor,
Qu'une estime à priser mille fois plus que l'Or.
   On le sert avec joye : & sa vive Jeunesse,
Qui joint tant de Bravoure avec tant de sagesse,
Loin de diminuer de la soûmission ,
Augmente le respect, par l'admiration.
   Le nôbre des Soldats aux plus grands Capitaines
Coûte ordinairement tant de soins & de peines:
Lovis doit-il marcher, c'est à qui le suivra :
L'embaras de choisir est le seul qu'il aura.
Quelles dents de Dragons, dans la plaine semées,
Luy produisent d'abord tant de Troupes armées?
Dans quel Chêne enchanté naissent ces Legions,
Qui des Champs ennemis couvrent les Regions?
Le Rhin, dit-on, se plaint d'être nôtre frontiére,
Le Rhin, qui des Cesars termina la carriére :
Qu'il ne se plaigne plus : bientôt, au lieu de luy,
L'Elbe & l'Oder seront ce qu'il est aujourd'huy,
Estonnez, au delà des Plaines Holandoises,
De voir couler leurs Flots sur des Terres Françoises:
Et le Danube ira briser ses vains efforts
Au pied des Fleurs de Lys, qui croîtrôt sur ses bors.
                                          Qu'il

Qu'il va faire en tous lieux redouter son
       Tonnerre!
Mars apprendroit de luy le métier de la Guerre;
L'Amour, le doux fecret de fe faire cherir,
Et Jupiter, celuy de fe faire obeïr.
    Son ardeur & fon air, dans ces premiers
       Vacarmes,
N'ont pas fait moins briller de pouvoir & de
       charmes,
Qu'en fon commencement, en a l'Aftre du jour,
Quand pour vaincre la Nuit fon beau feu de retour
Met en fuite l'horreur des Ombres languiffantes,
Et chaffe devant luy les Etoilles mourantes.
    Nymphes, qui luy trouviez tant de grace
      & d'attrais
En le voyant chaffer dans nos fombres forêts;
Si vos yeux ont fuivi fon augufte Perfonne,
De l'Employ de Diane à celuy de Bellone,
Que fentoit vôtre Cœur, lorfque vous le voyïez,
Dans des Champs ennemis d'un Deluge noyez,
Approcher librement d'une fi forte Ville,
Et forcer fes Rempars, d'un coup auffi facile,
Qu'en nos Bois, l'autre jour, fur un fougueux
      Courfier,
Son Sabre étincelant foudroyoit un Sanglier?
Ce coup n'eft point l'effort d'un Courage ordinaire,
Qu'une faillie éleve au deffus du Vulgaire,
           Ou

Ou d'un Prince indolent, nourri dans les Pavots,
Que l'Ennuy quelquesfois fait sortir du Repos:
Sans sommeil, à Cheval, passer les nuits entiéres,
Dépeupler les forêts des Bêtes les plus fiéres,
Qui d'Hercule ont été les glorieux Travaux,
Dans la Jeunesse ont fait les jeux de ce Héros:
Et par un sort heureux, le jour qui l'a vû naître
De cent fameux Rempars l'a vû se rendre Maître:
Tour charmant du Destin! Qu'õ ne me vante plus
Des Serpens furieux par un Enfant vaincus.
Les Princes les plus grands ne furent point
sans vices:
Le vaillant Hannibal ayma trop les délices:
Le déffaut de conduite a fait des mal-heureux:
Pour un Guerrier, Antoine étoit trop amoureux:
Xerxes étoit puissant, mais il étoit timide:
Cesar étoit parfait, s'il n'eût été perfide:
Auguste fut l'honneur de l'Empire Romain,
Mais pour se faire Auguste il devint inhumain:
Alexandre fut grand, mais il fut temeraire:
Lovis a les vertus, & n'a point leur contraire:
Il est sage & prudent, mais sans timidité:
Son extrême Valeur est sans témérité:
Avec exactitude à ses devoirs fidéle',
Pour son Dieu, pour son Roy, rien n'égale son zéle:
La

La Fortune fléchit au gré de ſes Deſirs:
Son Cœur ne fut jamais eſclave des Plaiſirs:
Pour ſoy, dans les travaux, toûjours inexorable.
Aux autres, toûjours doux & toûjours favorable;
    Ciel, qui rens avec luy nôtre ſort fortuné,
Que tu nous as cheris, quand tu nous l'as donné!
Obligez ſans meſure à ta Main liberale,
Nous en remercions ta Bonté ſans égale.
Si ſon Ame, formée à l'envy des Héros,
A leurs perfections ſans avoir leurs deffauts;
Par un digne Ioyer, que ta juſtice faſſe,
Qu'il ait tout leur bon-heur, exempt de leur
        diſgrace.
Que la Parque luy file un long cercle de jours,
Dont ta faveur conſtante enrichiſſe le cours.
Qu'un beau commencement avec gloire finiſſe.
Que ſà fin, pour mieux dire, un ſi beau ſort fleuriſſe
Qu'à ſes loix les Mortels s'offrent de toutes parts;
Et que ſans qu'il s'expoſe à de nouveaux hazars,
Craint, auſſi-bien qu'aymé, dás une Paix profonde,
Son Nom acheve ſeul la conquête du Monde.
    Contre ce demy Dieu, temeraires Mortels,
Vous formez vainement des deſſeins criminels:
Elevez des remparts: bâtiſſez des murailles:
Rangez de tous côtez des Soldats en batailles:

Qu'un nouveau Philisbourg renaisse encor pour
    vous :
Que l'Enfer, s'il se peut, serve vôtre couroux :
Malgré tous vos efforts & tout vôtre artifice,
Vous n'assurerez point d'azile à l'Injustice :
On verra succomber l'Envie à la Vertu :
Et si pour vôtre Cœur de rochers revêtu
L'Equité seulement conservoit quelques charmes,
La cause de Louis triompheroit sans armes.
Germains portez vos coups contre les Ottomans ;
Les Dieux seront François, contre les Allemands.
Mars en répond luy-même, & jurant l'Onde noire,
Il en prend à témoin cette insigne Victoire.
Quoi ! dit-il, à forcer Philisbourg moins d'un mois !
Belgrade moins munie en a resisté trois.
La Saison cependant favorisoit les armes
Des Princes conjurez, qui causoient ses alarmes :
Le Genereux Guerrier, qui triomphe aujourd'huy,
Est seul, & voit encor la Saison contre luy :
Mais la vaine Saison ne s'est pas souvenuë,
Qu'il est Fils d'un Heros qui l'a cent fois vaincuë.
Philisbourg en vingt jours ! Aux plus grands Conquerans,
Sous le Maître qui l'a, je le donne en vingt ans.

B   Ainsi

Ainſi parle en tous lieux le grãd Dieu de la Guerre.

Et ce Siége avec luy ſurprend toute la Terre.

Mais quelqu'un ſur ce point eſt injuſte. Qui donc?

L'Amour ſeul, qui ſe plaint, & l'a trouvé trop long,

J'ay vû l'Amour en pleurs, aſſis au pied d'un heſtre,

Point d'Arc, point de Flambeau.   Moy, ſans le
                    reconnoître,

Mais touché de luy voir le viſage abbatũ,

Qu'avez-vous, beau Mignõ? &, qui vous a battu?

Luy dis-je, en l'approchant : parlez ſans deffience,

Et de vôtre chagrin faites-moy confidence.

Luy, ſans me regarder, mais toûjours murmurant,

La main ſur ſes beaux yeux, diſoit en ſoûpirant.

Deſtin, fâcheux Auteur de ma douleur cruelle,

Quand termineras-tu cette abſence eternelle?

Depuis que mon Héros a quitté ce ſejour,

Un Siécle s'eſt paſſé, ſans parler de retour.

    (A l'Amour, enflamé par une ardeur extrême,

C'eſt un Siécle qu'un mois, & ſouvent qu'un jour
                    même.)

  C'eſt peu, dit-il, d'un Siége à mes vœux ſi fatal;

Il va chercher encor Manheim & Frankendal.

O les barbares lieux, que je connois à peine,

Et de qui les ſeuls nõs me mettent hors d'halaine!
                                    Au

Au moins ſi la Saiſon, propice à mes deſirs,
Me permettoit d'aller ſur l'aîle des Zephirs ;
Je pourrois eſſayer, le ſuivant à la Guerre,
D'apprivoiſer ma Flame avecque ſon Tonnerre :
Mais le froid Aquilon, ennemy de mes Feux,
Depuis qu'il eſt parti, regne en ſes triſtes lieux :
Lovis ſeul peut marcher, dont la guerriére Audace
Surmonte également & la flame & la glace :
Et quand ſur l'Aquilon, je me verrois porté,
A peine je ſuivrois ſon cours précipité.
J'accuſe toutesfois, au gré de ma tendreſſe,
La lenteur du retour, malgré tant de vîteſſe.
C'eſt vainement qu'on voit revenir les Frimas,
Si leurs Froids inhumains ne le ramenent pas.
Mais que me ſert d'offrir mes douceurs à ſon ame,
Lors qu'il va preferer, des glaçons à ma flame ?
  A des diſcours pareils, ſortant de mon erreur,
Je reconnus l'Amour : & ſaiſi de frayeur,
Sçachant quels ſont les jeux de ſa main criminelle,
Je craignois pour mon cœur quelque atteinte
          infidelle ;
Lors qu'on voit arriver ces Guerriers genereux,
Et la Gloire en ſon char, qui marche devant eux.

Il s'envole auſſi-tôt, d'une ardeur incroyable,

Auprés du Chef charmant de cette troupe aimable.

Les Jeux & les Plaiſirs d'abord ſuivent ſes pas,

En quelque part qu'il aille il répend mille appas.

Sa gaité ſe reſſent par toute la Nature.

Le Ciel ſemble en verſer une clarté plus pure.

Les Champs ſont émaillez d'éclatantes couleurs:

Et malgré les frimas, la Terre offre des Fleurs.

En tous lieux dans nos Bois, on prepare des Fêtes.

A danſer ſur le Pré les Naïades ſont prêtes.

Les Driades du Cor font entendre la voix;

Elles tendent déja des toilles dans les Bois:

Et parmy ces objets remplis de mille charmes,

Ce Héros deſarmé, donne encor des alarmes.

D'attrais moins glorieux Alcide étoit orné,

Quand Déjanire vit Achelois écorné.

Et Phebus fut moins beau, quâd ſon éclat ſuprême,

Aprés Python vaincu, fit jaloux l'Amour même.

Venez, brillant Vainqueur, venez, à ce retour,

Oublier vos travaux dans le ſein de l'Amour.

Monarque fortuné, de qui l'auguſte Image

E'clate dans ce Fils, avec tant d'avantage,

Et qui ſans ce Portrait, qu'on admire en tous lieux,

N'auriez rien de ſemblable, ailleurs que chez les

Dieux; Quel

Quel bonheur pour un Pere, & quelle joye extrême,
De se voir si parfait dans un autre soy-même!
Quel heureux sort pour nous, qui vivons sous
vos loix,
De pouvoir, au besoin, avoir tout à la fois,
Un Héros dans l'Estat, pour gouverner la France,
Un Héros au dehors, pour prendre sa deffence;
Et voir en même temps, dans le Pere & le Fils,
Lovis le Grand chez nous & chez nos Ennemis.
   Vous, qui l'avez rempli d'une vertu sincère,
Illustre Gouverneur, Montausier, second Pere,
Dont les Enseignemens ont formé ce grand Cœur,
Que nous pouvons nomer nôtre second bonheur;
C'est à vous que Lovis, c'est à vous que la France,
Doit le succez heureux de cette ressemblance.
S'il est, comme son Pere, humain, pieux, Guerrier,
C'est du second qu'il tient ce qu'il a du premier.
   Sans sortir de vous-même & de vos seuls
exemples,
Vous pouviez luy fournir des leçons assez amples:
Mais vous avez trouvé parmy les Fleurs de Lys,
Le Modele parfait des Héros accomplis;
Et joignant à l'adresse un soin infatigable,
Vous en avez tracé l'Image inimitable.
   Le voyant revenir glorieux & vainqueur,
Se peut-on figurer l'état de vôtre Cœur,

Jusques

Juſques où vôtre ardeur a pû porter ſa flame,
Et quel plaiſir ſecret a penetré vôtre Ame,
De voir tant de Conſeils ſi ſagement donnez,
Par ces premiers explois, dignement couronnez?
Sûr d'un ſi beau ſuccez & de tant de merite,
A vôtre Petit-Fils, qui va ſous ſa conduite,
Vous ne preſcrivez rien, pour l'inſtruire aux
       Combats,
Que de ſuivre un tel Maître & d'adorer ſes pas.
Son Ame à ce Conſeil ſe porte la premiere :
Revenant, comme il fait, de voir l'Europe entiére,
Il connoît par luy-même, il a vû par ſes yeux,
Que ce Héros n'a rien de pareil ſous les Cieux.
Tout ſon zéle eſt pour luy : tout ſon ſoin l'étudie ;
Plus il en eſt charmé, mieux ſon Bras le copie.
Ayeul chéri du Ciel, vous voyés vôtre Sang
Digne de vos Vertus & digne de ſon rang.
Par des trais ſi brillans de Cœur & de Prudence,
Il paroît qu'il eſt né pour honorer la France,
Eclatant quelque jour aux yeux de l'Univers,
A la tête des Ducs, le premier de ſes Pairs.
   Beaux Rejettons des Lys, jeunes & nobles
      Princes,
Frayeur des Etrangers, Eſpoir de nos Provinces,
Qui devez imiter ce Pere à vôtre tour,
Auguſte & triple fruit de ſon fidéle Amour;

On ne ſçauroit trop tôt aux ames heroïques,
Montrer de la Vertu les traces magnifiques.
Vous devez, ſur ſes pas attachant vos regards,
Le ſuivre, au moins de veuë, au milieu des hazars:
Vous ſur tout, Prince heureux, pour qui, preſqu'à
           vôtre âge,
Il fut chez l'Ennemy cercher un Apennage:
Vous n'eſtiez pas encor, que la Saone & le Doux
L'ont vû faire déja des Conquêtes pour vous.
Mais vous êtes ſon Fils, & c'en eſt aſſez dire.
Au Feu qui vous anime, à cét Air qu'on admire,
Je voy dans vôtre Sein briller le Sang des Dieux,
Et reconnois le Pere & l'Ayeul dans vos yeux.

    Mere de ces Amours, Princeſſe Jeune & belle,
Plus que Venus cherie, & plus aymable qu'Elle,
Seule digne d'un Prince auſſi digne de vous,
Pour qui vôtre mérite a des charmes ſi doux,
Vous l'honeur des Climas, dōt il s'eſt fait coñoître,
Et l'admiration, de ceux qui l'ont fait naître;
Jouïſſez à loiſir de l'aymable bonheur
D'achever dans vos Bras la gloire d'un Vainqueur,
Et de voir vôtre Amour, partageant ſa Conquête,
Joindre un Myrte aux Lauriers, qui couron-
          nent ſa Tête.

                        De

De Grâce, en même tems, Magnanime Héro
Laissez remper ce Lyerre autour de leurs
        Rameaux.
Hors du Combat, l'on dit, que le Dieu de la Thrace
Alloit se reposer, dans les Bois du Parnasse ;
Et ne dédaignoit pas, à l'ombre d'un Buisson,
De dormir quelquesfois au bruit d'une Chanson.
Quel bonheur pour nos Chants, si le Mars de la
        France,
Qui de celuy de Thrace égale la vaillance,
Déja semblable à luy par tant d'endroits divers :
Luy ressembloit encor par l'amour de nos Vers,
Luy, qui s'il ne cachoit les faveurs du Permesse,
Pourroit rendre jaloux l'Oracle de la Gréce ;
Et que sur l'Hélicon, l'on verroit dans les Rans,
Ce qu'on le voit içy, parmy les Conquerans.

F I N

www.ingramcontent.com/pod-product-compliance
Lightning Source LLC
Chambersburg PA
CBHW070910200626
46818CB00006BA/2467